벙어리 삼룡이

아시아에서는 《바이링궐 에디션 한국 대표 소설》을 기획하여 한국의 우수한 문학을 주제별로 엄선해 국내외 독자들에게 소개합니다. 이 기획은 국내외 우수한 번역가들이 참여하여 원작의 품격을 최대한 살렸습니다. 문학을 통해 아시아의 정체성과 가치를 살피는 데 주력해 온 아시아는 한국인의 삶을 넓고 깊게 이해하는 데 이 기획이 기여하기를 기대합니다.

Asia Publishers presents some of the very best modern Korean literature to readers worldwide through its new Korean literature series 〈Bilingual Edition Modern Korean Literature〉. We are proud and happy to offer it in the most authoritative translation by renowned translators of Korean literature. We hope that this series helps to build solid bridges between citizens of the world and Koreans through a rich in-depth understanding of Korea.

바이링궐 에디션 한국 대표 소설 097

Bi-lingual Edition Modern Korean Literature 097

# Samnyong the Mute

# 나도향
## 벙어리 삼룡이

# Na Tohyang

ASIA
PUBLISHERS

Contents

# 벙어리 삼룡이

## Samnyong the Mute

1


내가 열 살이 될락 말락 할 때이니까 지금으로부터
십사오 년 전 일이다.

지금은 그곳을 청엽정(青葉町)이라 부르지만은 그때
는 연화봉(蓮花峰)이라고 이름하였다. 즉 남대문(南大門)
에서 바로 내려다보면은 오정포(午正砲)[1]가 놓여 있는
산등성이가 있으니 그 산등성이 이쪽이 연화봉이요, 그
새에 있는 동리가 역시 연화봉이다.

지금은 그곳에 빈민굴(貧民窟)이라고 할 수밖에 없이
지저분한 촌락이 생기고 노동자들밖에 살지 않는 곳이

1

It all happened fourteen or fifteen years ago. I must have been almost ten. The place has since been renamed Green Leaf Village, but it was known as Lotus Flower Peak back then. Lotus Flower Peak was the name of a mountain visible from the South Gate, where a cannon used to go off at noontime. The village—also called Lotus Flower Peak—lay between the mountain and the city gates. Now the village is nothing but a slum where laborers live in filthy quarters. But at the time, its residents held their heads high.

되어 버렸으나 그때에는 자기네 딴은 행세한다는 사람들이 있었다. 집이라고는 십여 호밖에 있지 않았고 그곳에 사는 사람들은 대개 과목밭을 하고, 또는 채소를 심거나 그렇지 아니하면 콩나물을 길러서 생활을 하여 갔었다.

여기에 그중 큰 과목밭을 갖고 그중 여유 있는 생활을 하여 가는 사람이 하나 있었는데, 그의 이름은 잊어버렸으나 동리 사람들이 부르기를 오생원(吳生員)이라고 불렀다.

얼굴이 동탕하고[2] 목소리가 마치 여름에 버드나무에 앉아서 길게 목 늘여 우는 매미 소리같이 저르렁저르렁하였다.

그는 몹시 부지런한 중년 늙은이로 아침이면 새벽 일찍이 일어나서 앞뒤로 뒷짐을 지고 돌아다니며 집안일을 보살피는데 그 동리에는 그가 마치 시계와 같아서 그가 일어나는 때가 동리 사람이 일어나는 때였다. 만일 그가 아침에 돌아다니며 잔소리를 하지 않으면 동리 사람들이 이상하여 그의 집으로 가보면 그는 반드시 몸이 불편하여 누웠다. 그러나 그와 같은 때는 일 년 삼백육십 일에 한 번 있기가 어려운 일이요, 이태나 삼 년

There were only about a dozen households in the village then, and the villagers generally made their living by either keeping an orchard, planting vegetables, or growing bean sprouts.

In the village there lived a man who owned the largest orchard and enjoyed the most comfortable lifestyle. His name I've forgotten, but the villagers called him Sir Oh.

His face was round and handsome, and the sound of his voice rang out as loud as a cicada crying in full summer throttle from a willow tree.

Being a very industrious old man, he would wake up at dawn and supervise the household chores, his hands clasped behind his back. Since he was like a clock, the villagers rose when they heard him up. If he wasn't heard chiding servants during his morning rounds, people found it so strange they would visit his house to see what was the matter. He was bound to be in bed, not feeling well.

But such a thing happened no more than once a year, hardly once in two or three years even.

Since he always wore an official's skullcap, the villagers called him *yangban*, even though he was just a newcomer. In return, he tried not to lose the goodwill of the villagers. He distributed strings of

에 한 번 있거나 말거나 하였다.

그가 이곳으로 이사를 온 지는 얼마 되지 아니하나 그가 언제든지 감투를 쓰고 다니므로 동리 사람들은 양반이라고 불렀고, 또 그 사람도 동리 사람들에게 그리 인심을 잃지 않으려고 섣달이면 북어쾌, 김톳씩 동리 사람에게 나눠 주며 농사에 쓰는 연장도 넉넉히 장만한 후 아무 때나 동리 사람들이 쓰게 하므로 그 동리에서는 가장 인심 후하고 존경을 받는 집인 동시에 세력 있는 집이다.

그 집에는 삼룡(三龍)이라는 벙어리 하인 하나가 있으니 키가 본시 크지 못하여 땅딸보로 되었고 고개가 빼지 못하여 몸뚱이에 대강이[3]를 갖다가 붙인 것 같다. 거기다가 얼굴이 몹시 얽고[4] 입이 몹시 크다. 머리는 전에 새 꼬랑지 같은 것을 주인의 명령으로 깎기는 깎았으나 불밤송이 모양으로 언제든지 푸 하고 일어섰다. 그래서 걸어 다니는 것을 보면, 마치 옴두꺼비가 서서 다니는 것같이 숨차 보이고 더디어 보인다. 동리 사람들이 부르기를 삼룡이라고 부르는 법이 없고 언제든지 '벙어리' '벙어리'라고 하든지 그렇지 않으면 '앵모'[5] '앵모' 한다. 그렇지만 삼룡이는 그 소리를 알지 못한다.

dried pollack and bundles of laver in December and stocked up on spare farming equipment, which he lent to his neighbors for free upon request. As a result, his family came to be respected as among the most generous as well as the most influential in the village.

In his household there lived a deaf-mute servant named Sam-nyong. He was short and stocky and had hardly any neck, so that it looked as if his head were glued to his shoulders. In addition, he had a pockmarked face and a huge mouth. His master had had him cut off his wispy ponytail, after which his hair always stuck up like a chestnut burr. When he walked, he looked out of breath and sluggish, like an ugly toad standing on its hind legs. The villagers never referred to him by his name but always called him "Mute, Mute" or "Parrot, Parrot." But Samnyong couldn't hear any of these things anyway.

His master had brought him along when the entire household first moved in. Samnyong was honest, loyal, hard-working, and strong. Although he was a mute who got by through reading people's faces, in certain circumstances he could be more sensible than those who could speak and hear. Be-

그도 이 집 주인이 이리로 이사를 올 때 데리고 왔으니 진실하고 충성스러우며 부지런하고 세차다. 눈치로만 지내 가는 벙어리지마는 말하고 듣는 사람보다 슬기로운 적이 있고 평생 조심성이 있어서 결코 실수할 적이 없다.

아침에 일어나면 마당을 쓸고, 소와 돼지의 여물을 먹이며, 여름이면 밭에 풀을 뽑고 나무를 실어 들이고 장작을 패며, 겨울이면 눈을 쓸고 잔심부름이며 진일 마른일 할 것 없이 못 하는 일이 없다.

그럴수록 이 집 주인은 벙어리를 위해 주며 사랑한다. 혹시 몸이 불편한 기색이 있으면 쉬게 해주고, 먹고 싶어 하는 듯한 것은 먹이고, 입을 때 입히고 잘 때 재운다.

그런데 이 집에는 삼대독자로 내려오는 그 집 아들이 있다. 나이는 열일곱 살이나 아직 열네 살도 되어 보이지 않고 너무 귀엽게 기르기 때문에 누구에게든지 버릇이 없고 어리광을 부리며 사람에게나 짐승에게 잔인 포악한 짓을 많이 한다.

동리 사람들은 그를,

"호래자식!"[6] "애비 속상하게 할 자식!" "저런 자식은

14

sides, he was always cautious and never made a mistake.

As soon as he got up in the morning, he swept the yard and fed the cows and pigs. During the summer, he weeded the fields and carried in fire-wood to be chopped; during the winter, he shov-eled the snow and ran all kinds of errands. The master took good care of the mute and appreciated him above all for his diligence. If the mute looked sick, he was allowed to rest. He was given what he wanted to eat, was clothed however he needed to be, and was allowed to sleep regular hours.

The master had one son, the sole heir for the third straight generation. He was seventeen years old but looked more like fourteen.

Since he had been greatly pampered during his upbringing, the boy ended up being ill-mannered toward everyone, behaving like a spoiled child and reacting with cruelty to people and animals alike.

The villagers often cursed the boy. "Bastard! A son like that—he won't ever be anything but a bur-den to his father. Better not to have a son at all!"

Whenever the son did something wrong, the master's wife said to her husband, "Why don't you give him a good beating? How can you be so le-

없는 것만 못해."

하고 욕들을 한다. 그래서 그의 어머니는 아들이 잘못할 때마다 그의 영감을 보고,

"그 자식을 좀 때려주구려. 왜 그런 것을 보고 가만두?"

하고 자기가 대신 때려주려고 나서면,

"아뇨, 아직 철이 없어 그렇지. 저도 지각이 나면 그렇지 않을 것이 아뇨."

하고 너그럽게 타이른다. 그러면 마누라는 왜가리처럼 소리를 지르며,

"철이 없기는 지금 나이가 몇이오. 낼모레면 스무 살이 되는데. 또 며칠 아니면 장가를 들어서 자식까지 날것이 그래가지고 무엇을 한단 말이오."

하고 들이대며,

"자식은 꼭 아버지가 버려놓았습니다. 자식 귀여운 것만 알지 버릇 가르칠 줄은 모르니까—."

이렇게 싸움이 시작만 하려 하면 영감은 아무 말도 하지 않고 바깥으로 나가버린다.

그 아들은 더구나 이 벙어리를 사람으로 알지도 않는다. 말 못 하는 벙어리라고 오고 가며 주먹으로 허구리[7]

nient?" At times, she looked ready to whip the boy herself.

"Well, he hasn't come of age yet," the master would say. "He won't be like that when he grows up a bit more."

"How old does he have to be?" shrieked his wife like a heron. "He'll be twenty in no time. He'll soon be marrying and having children. If he acts like that, what on earth will he be fit for?" She continued to lash out at her husband. "You're the one who spoiled him. All you ever do is pamper him, you'll never teach him manners..."

When she started in on him like this, the master would quietly walk away.

The son did not regard the mute as a human being. Counting on the poor servant's inability to speak, the boy, on his way in or out, would punch the mute in the side or kick him from behind.

But at such times the mute simply considered the youth rather endearing; he was even amused at the small helpless limbs poking at his iron body. So he would just turn away, move to a different place, and forget the matter.

Once the son put dung into the mute's mouth while the latter was taking a nap. Another time the

를 지르기도 하고 발길로 엉덩이도 찬다.

그러면 그 벙어리는 어린것이 철없어 그러는 것이 도리어 귀엽기도 하고 또는 그 힘없는 팔과 힘없는 다리로 자기의 무쇠 같은 몸을 건드리는 것이 우습기도 하고 앙증하기도 하여 돌아서서 빙그레 웃으면서 툭툭 털고 다른 곳으로 몸을 피해 버린다.

어떤 때는 낮잠 자는 벙어리 입에다가 똥을 먹일 때도 있었다. 또 어떤 때는 자는 벙어리 두 팔 두 다리를 살며시 동여매고 손가락과 발가락 사이에 화승[8]불을 붙여놓아 질겁을 하고 일어나다가 발버둥질을 하고 죽으려는 사람처럼 괴로워하는 것을 보고 기뻐하였다.

이러할 때마다 벙어리의 가슴에는 비분한 마음이 꽉 들이찼다. 그러나 그는 주인의 아들을 원망하는 것보다도 자기가 병신인 것을 원망하였으며 주인의 아들을 저주한다는 것보다 이 세상을 저주하였다. 그러나 그는 결코 눈물을 흘리지 않았다. 그에게는 눈물이 없었다. 그의 눈물은 나오려 할 때 아주 말라붙어버린 샘물과 같이 나오려 하나 나오지를 아니하였다. 그는 주인의 집을 버릴 줄 모르는 개 모양으로 자기가 있어야 할 곳은 여기밖에 없고 자기가 믿을 곳도 여기 있는 사람들

boy stealthily tied up the mute's arms and legs, lit matches between all his fingers and toes, and watched in glee as the mute, taken by surprise, leapt up and writhed in pain, as if about to perish.

On such occasions, the mute's heart was filled with indignation. But he resented his own deformity rather than his master's son. He'd curse the world but not the boy.

The mute never shed a tear. He didn't have any tears. His eyes were like a dried-out fountain— ready to flow but never flowing. Like a dog that never abandons its master, the mute believed that he could not live anywhere but in his old master's house and that he could trust no one except the people who resided there. He figured that it was simply his fate to live and die in that house. All the abuse he received from his master's son—the pinching, punching, and kicking—he regarded as merely inherent to his place in the world. The pain he suffered was what fate held in store for him, the bitterness of pain no more than what he deserved. He never thought of avoiding his due.

Although he never considered leaving the house or breaking free from his circumstances, he did think of his powerful fists whenever his master's

밖에 없는 줄 알았다. 여기서 살다가 여기서 죽는 것이 자기의 운명인 줄밖에 알지 못하였다. 자기의 주인 아들이 때리고 지르고 꼬집어 뜯고 모든 방법으로 학대할지라도 그것이 자기에게 으레 있을 줄밖에 알지 못하였다. 아픈 것도 그 아픈 것이 으레 자기에게 돌아올 것이요, 쓰린 것도 자기가 받지 않아서는 안 될 것으로 알았다. 그는 이 마땅히 자기가 받아야 할 것을 어떻게 해야 면할까 하는 생각을 한 번도 하여 본 일이 없었다.

그가 이 집에서 떠나가려 하거나 또는 그의 생활환경에서 벗어나려는 생각은 한 번도 해보지 못하였다 할지라도 그는 언제든지 그 주인 아들이 자기를 학대하고 또는 자기를 못살게 굴 때 그는 자기의 주먹과 또는 자기의 힘을 생각하여 보았다.

주인 아들이 자기를 때릴 때 그는 주인 아들 하나쯤은 넉넉히 제지할 힘이 있는 것을 알았다.

어떠한 때는 아픔과 쓰림이 자기의 몸으로 스며들 때면 그의 주먹은 떨리면서 어린 주인의 몸을 치려 하다가는 그는 그것을 무서운 고통과 함께 꽉 참았다.

그는 속으로,

'아니다, 그는 나의 주인의 아들이다, 그는 나의 어린

son pestered and mistreated him. He knew that he was strong enough to restrain the son.

At times, when he was immersed in pain and bitterness, the mute could feel his fists start to tremble. He would be tempted to strike his young master. But he suppressed this impulse along with his terrible pain. "No, he is the son of my master," he repeated to himself, "he is my young master."

He would forget soon enough. When the boy came home later in tears after playing with other children in the village, the mute would go fight for him like a bull on a wild rampage. No troublemaker in the village dared challenge the master's son for fear of the mute. And the boy, in turn, always sought out the mute whenever he was in trouble. Like a faithful dog that crawls back after a beating, the mute did all he could, without reservation, for the sake of his master's son.

2

Needless to say, the mute, despite his twenty-three years, had never had any opportunity to become acquainted with the fairer sex. He would experience a languid pleasure, mingled with anger

주인이다.'

하고 꾹 참았다.

그러고는 그것을 얼핏 잊어버렸다. 그러다가도 동릿집 아이들과 혹시 장난을 하다가 주인 아들이 울고 들어올 때에는 그는 황소같이 날뛰면서 주인을 위하여 싸웠다. 그래서 동리에서도 어린애들이나 장난꾼들이 벙어리를 무서워하여 감히 덤비지를 못하였다. 그리고 주인 아들도 위급한 경우에는 언제든지 벙어리를 찾았다. 벙어리는 얻어맞으면서도 기어드는 충견 모양으로 주인의 아들을 위하여 싫어하지 않고 힘을 다하였다.


2


벙어리가 스물세 살이 될 때까지 그는 물론 이성과 접촉할 기회가 없었다. 동리의 처녀들이 저를 '벙어리' '벙어리' 하며 괴상한 손짓과 몸짓으로 놀려먹음을 받을 적에 분하고 골나는 중에도 느긋한 즐거움을 느끼어본 일은 있었으나 그가 결코 사랑으로써 어떠한 여자를 대해 본 일은 없었다.

그러나 정욕을 가진 사람인 벙어리도 그의 피가 차디

and irritation, when the village girls mocked him, shouting "Mute, Mute," and making strange gestures with their hands and bodies. But he had never felt love for a woman.

Since the mute was a man and therefore experienced desire, his blood did not simply run cold. In fact, his blood may well have been hotter than others', but simply hardened, like toffee that curdled at high heat. With added heat or sunshine, his blood might just have boiled over. It was not that he did not let the odd sigh escape late into the night, as he wove straw shoes under a flickering oil lamp; rather, he'd given up any hope of satisfying his bodily desire so long ago that he could readily suppress it now.

Hidden deep in his heart there lay simmering passion, like a dormant volcano, the eruption of which none could foretell. The time for that had yet to come. Although the mute himself could feel his desire smolder within, threatening to explode, no occasion for release had presented itself. Indeed, external circumstances had suppressed his desire for so long that it seemed unlikely to manifest itself of its own accord. For in his repressed condition, he had developed a fortified self-control and an

찰 리는 없었다. 혹 그의 피는 더욱 뜨거웠을는지도 알 수 없었다. 뜨겁다 뜨겁다 못하여 엉기어버린 엿과 같을는지도 알 수 없었다. 만일 그에게 볕을 주거나 다시 뜨거운 열을 준다 하면 그의 피는 다시 녹을는지도 알 수 없었다.

그가 깜박깜박하는 기름등잔 아래에서 밤이 깊도록 짚세기를 삼을 때면 남모르는 한숨을 아니 쉬는 것도 아니지만은 그는 그것을 곧 억지할 수 있을 만치 정욕에 대하여 벌써부터 단념을 하고 있었다.

마치 언제 폭발이 될는지 알지 못하는 휴화산(休火山) 모양으로 그의 가슴속에는 충분한 정열을 깊이 감추어놓았으나 그것이 아직 폭발될 시기가 이르지 못한 것 같았었다. 비록 폭발이 되려고 무섭게 격동함을 벙어리 자신도 느끼지 않은 바는 아니지마는 그는 그것을 폭발시킬 조건을 얻기 어려웠으며 또는 자기가 여태까지 능동적으로 그것을 나타낼 수가 없을 만치 외계의 압축을 받았으며, 그것으로 인한 이지(理智)가 너무 그에게 자제력(自制力)을 강대하게 하여주는 동시 또한 너무 그것을 단념만 하게 하여주었다.

속으로 나는 '벙어리'다 자기가 생각할 때 그는 몹시

ever vigilant resignation.

"I'm a mute." He felt deep resentment at this thought, but at the same time he believed that he wasn't entitled to the same rights and freedoms as others. When he followed this line of reasoning, his self-resignation—the growth of which he could not have prevented, even had he wanted—continued to deepen, so that by now, like a machine, he took his slavery in his master's house as the hand of fate, believing that there was no other life for him.

3

It all happened in the autumn of that year. The master's son had just been married. The bride was nineteen, two years older than the bridegroom. The master had always been resentful of his family's low status and had coveted, more than anything else, a daughter-in-law with a noble lineage. But noble families do not let go of their daughters so easily. As a result, he had all but bought the daughter of certain fallen aristocrat from a southern village. He cajoled the aristocrat's widow into giving up her only daughter, then hurried to get the wedding ceremony over with lest the widow should change

원통함을 느끼는 동시에 나는 말하는 사람들과 똑같은 자유와 똑같은 권리가 없는 줄 알았다. 그는 이와 같은 생각에서 언제든지 단념하려야 단념하지 않을 수 없는 그 단념이 쌓이고 쌓이어 지금에는 다만 한 개의 기계와 같이 이 집에 노예가 되어 있으면서도 그것이 자기의 천직으로 알고 있을 뿐이요, 다시는 자기가 살아갈 세상이 없는 것같이밖에 알지 못하게 된 것이다.


3


그해 가을이다. 주인의 아들이 장가를 들었다. 색시는 신랑보다 두 살이 위인 열아홉 살이다. 주인이 본시 자기가 언제든지 문벌이 얕은 것을 한탄하여 신부를 고를 때에 첫째 조건이 문벌이 높아야 할 것이었다. 그러나 문벌 있는 집에서는 그리 쉽게 색시를 내놓을 리가 없다. 그러므로 하는 수 없이 그 어떠한 영락한 양반의 딸을 돈을 주고 사 오다시피 하였으니, 무남독녀의 딸을 둔 남촌 어떤 과부를 꿀을 발라서 약혼을 하고 혹시나 무슨 딴소리가 있을까 하여 부랴부랴 성례를 시켜버렸다.

her mind.

He spent 30,000 *nyang*—a lot of money in those days—on the wedding and arranged to send his son's mother-in-law a monthly allowance of 2,500 *nyang*, supposedly in exchange for her continuing to do all her daughter's sewing and laundry.

The bride's family had been moderately well-off till her father's death, and since she had been brought up with great care, she was well-educated, having been taught all that could be learned in an old-fashioned household and having read all that was proper for a bride. There was no hint of any dark shadow to be seen in her person or manners.

As soon as the bride moved in, people began to find fault with the bridegroom.

"Compared with his bride, he's a crow next to a peacock."

"Still has no self-control."

"He'll play second fiddle to his wife."

"She deserves better than a bridegroom like him."

These were the kinds of things that gossip-mongering wives said when they gathered together. One woman who liked to poke her nose into other people's business even stopped the son once and said, as if reprimanding him, "Well, you should

혼인할 때에 비용도 그때 돈으로 삼만 냥을 썼다. 그리고 아들의 처갓집에 며느리 뒤보아주는 바느질삯, 빨랫삯이라는 명목으로 한 달에 이천오백 냥씩을 대어주었다.

신부는 자기 아버지가 돌아가기 전까지 상당히 견디기도 하고 또는 금지옥엽같이 기른 터이라, 구식 가정에서 배울 것 읽힐 것은 못할 것이 없고 또는 본래 인물이라든지 행동거지에 조금도 구김이 있지 아니하다.

신부가 오자 신랑의 흠절이 생기기 시작하였다.

"신부에게다 대면 두루미와 까마귀지."

"아직도 철딱서니가 없어."

"색시에게 쥐여 지내겠어."

"신랑에겐 과하지."

동릿집 말 좋아하는 여편네들이 모여 앉으면 이렇게 비평들을 한다. 어떠한 남의 걱정 잘하는 마누라님은 간혹 신랑을 보고는 그대로 세워 놓고,

"글쎄, 인제는 어른이 되었으니 셈이 좀 나요, 저러구 어떻게 색시를 거느려가누. 색시 방에 들어가기가 부끄럽지 않담."

하고 들이대다시피 하는 일이 있다.

know better now that you're an adult. How can you keep a wife and still behave like you do? Aren't you ashamed of entering her room?"

On such occasions, the son's heart would become filled with animosity toward the speaker. Thinking that they were deliberately trying to humiliate him, he'd decline to greet or even address them the next time their paths crossed.

"You're an adult now. You're old enough to know better by now. Aren't you ashamed in front of your wife?" His aunt scolded him like this whenever she dropped in.

But instead of feeling ashamed at such reproaches, the nephew grew more resentful of his wife for having placed him in such an awkward position.

"What's a wife good for? All this trouble started after that wench came."

A few days after the wedding, he stopped visiting his wife's room. The household was turned upside-down as a result. The family even tried to push him into the bridal chamber, as if they were breeding a pig or a horse, but to no avail.

Every time such a circus occurred, the newlywed husband picked up whatever he could lay his hands on and swung it around indiscriminately. Once he

이럴 적마다 신랑의 마음은 그 말하는 이들이 미웠다. 일부러 자기를 부끄럽게 하려고 하는 것 같아서 그 후에 그를 만나면 말도 안 하고 인사도 하지 아니한다.

또 그의 고모 되는 이가 와서 자기 조카를 보고,

"인제는 어른야. 너도 그만하면 지각이 날 때가 되지 않았니. 네 처가 부끄럽지 아니하냐."

하고 타이를 적마다 그의 마음은 그 말하는 사람이 부끄럽다는 것보다도 자기를 이렇게 하게 한 자기 아내가 더욱 밉살머리스러웠다.

"여편네가 다 무엇이냐? 저 빌어먹을 년이 들어오더니 나를 이렇게 못살게들 굴지."

혼인한 지 며칠이 못 되어 그는 색시 방에 들어가지를 않았다. 집안에서는 야단이 났다. 마치 돼지나 말 새끼를 홀레시키려는 것같이 신랑을 색시 방으로 집어넣으려 하나 막무가내였다.

그럴 때마다 신랑은 손에 닥치는 대로 집어 때려서 자기의 외사촌 누이의 이마를 뚫어서 피까지 나게 한 일이 있었다. 집안 식구들은 하는 수가 없어 맨 나중으로 아버지에게 밀었다. 그러나 그것도 소용이 없을뿐더러 풍파를 더 일으키게 하였다. 아버지께 꾸중을 듣고

hit his maternal cousin in the forehead, cutting her badly.

The family, at a loss about what to do, handed the matter over to the father. But that was no use, either, and caused only more turmoil. Upon being dismissed after a long sermon from his father, the son went to his wife's room and, without warning, grabbed her hair and threw her out into the corridor. "You bitch! Go back to your home!" he yelled, "I don't even want to look at you. Don't ever show up here again."

If a meal was served, the table would end up somersaulting in the middle of the yard, and if new clothes were brought in, they'd be dumped into a trash bin.

And so from the time of the wedding onward the bride cried day and night over her misfortune.

She was beaten for the wickedness of her weeping and struck for the dim-wittedness of her silence. Not a day of peace passed in the house.

Among those who witnessed her daily misery, one person in particular was filled with dark forebodings, namely, Samnyong the mute.

He could not understand for all the world how anyone could beat such an angelic woman, some-

들어와서는 다짜고짜로 신부의 머리채를 쥐어 잡아 마
루 한복판에 태질을 쳤다. 그러고는,

"이년, 네 집으로 가거라. 보기 싫다. 내 눈앞에는 보
이지도 마라."

하였다. 밥상을 가져오면 그 밥상이 마당 한복판에서
재주를 넘고, 옷을 가져오면 그 옷이 쓰레기통으로 나
간다.

이리하여 색시는 혼인 오던 날부터 팔자 한탄을 하고
서 날마다 밤마다 우는 사람이 되었었다.

울면은 요사스럽다고 때린다. 또 말이 없으면 빙충맞
다[9]고 친다. 이리하여 그 집에는 평화스러운 날이 하루
도 없었다.

이것을 날마다 보는 사람 가운데 알 수 없는 의혹을
품게 된 사람이 하나 있으니 그는 곧 벙어리 삼룡이였
다.

그렇게 어여쁘고 그렇게 유순하고 그렇게 얌전한, 벙
어리의 눈으로 보아서는 감히 손도 대지 못할 만치 선
녀 같은 색시를 때리는 것은 자기의 생각으로는 도저히
풀 수 없는 의심이다.

보기에도 황홀하고 건드리기도 황홀할 만치 숭고한

one so beautiful, so affectionate, and so modest that he himself would never have dared lay a finger on.

It made no sense to abuse a lady so pleasing to the eye and too sacred to ever be touched. As for himself, he deserved nothing more than to be thrashed like a dog or a pig by the young master. Yet it appalled him to no end to watch his mistress— who was as far above him as an angel over a beast—receive the same blows. The mute even worried that his young master would incur divine retribution.

On one moonlit night, when all was silent and forlorn, stars flickering here and there, the half moon hanging lucid in the air, and the world as crystal-clear as if purified with mercury, Samnyong lay stretched out on a straw mattress, lost in thought, his hand stroking the back of Blackie the dog, and his eyes gazing up at the sky.

When he thought of his new mistress, images of the moon and stars came to mind. Yet she seemed more graceful than the moon and purer than the stars. She had a heart more beautiful and tender than the silvery moonlight, which washed every-thing clean. It was as if she were the moon or a star

여자를 그렇게 학대한다는 것은 너무나 세상에 있지 못할 일이다. 자기는 주인 새서방님에게 개나 돼지같이 얻어맞는 것이 마땅한 이상으로 마땅하지마는, 선녀와 짐승의 차가 있는 색시와 자기가 똑같이 얻어맞는다는 것은 너무 무서운 일이다. 어린 주인이 천벌이나 받지 않을까 두렵기까지 하였다.

어떠한 달밤 사면은 교교 적막하고 별들은 드문드문 눈들만 깜박이며 반달이 공중에 뚜렷이 달려 있어 수은으로 세상을 깨끗하게 닦아낸 듯이 청명한데, 삼룡이는 검둥개 등을 쓰다듬으며 바깥마당 멍석 위에 비슷이 드러누워 있어 하늘을 치어다보며 생각하여 보았다.

주인 색시를 생각하매 공중에 있는 달보다도 더 곱고 별들보다도 더 깨끗하였다. 주인 색시를 생각하면 달이 보이고 별이 보이었다. 삼라만상을 씻어내는 은빛보다도 더 흰 달이나 별의 광채보다도 그의 마음이 아름답고 부드러운 듯하였다. 마치 달이나 별이 땅에 떨어져 주인 새아씨가 된 것도 같고 주인 새아씨가 하늘에 올라가면 달이 되고 별이 될 것 같았다.

더구나 자기를 어린 주인이 때리고 꼬집을 때 감히 입 벌려 말은 하지 못하나 측은하고 불쌍히 여기는 정

come down to earth, or as if she could metamor-
phose into the moon or a star by merely reaching
up to the sky.

Samnyong recalled how her eyes glistened with
pity whenever the young master beat him, though
she did not dare speak out. Petting Blackie's soft fur
with his hand, Samnyong felt a warmth fill his heart.
The dog licked his hand and wagged its tail, inno-
cently believing that the mute's gentle caresses were
meant for it alone.

Samnyong's heart was filled with compassion for
his mistress and with the resolve that he would
gladly give his life for her. These sentiments arose
as instinctively within him as water fills the mouth
of a hungry man at the scent of food.

4

Since the arrival of the new mistress, the inner
quarters of the house had become off-limits to the
servants, but the mute could come and go freely,
untroubled by the suspicions of others, just as a
dog goes in and out of the house as it pleases.

One day, Samnyong found his young master
prostrate on the street, utterly drunk—a new habit

이 그의 두 눈에 나타나는 것을 다시 생각할 때 그는 부들부들한 개 등을 어루만지면서 감격을 느끼었다. 개는 꼬리를 치며 자기를 귀여워하는 줄 알고 벙어리의 손을 핥았다.

삼룡이의 가슴은 주인아씨를 동정하는 마음으로 가득 찼다. 또는 그를 위하여서는 자기의 목숨이라도 아끼지 않겠다는 의분에 넘쳤었다. 그것은 마치 살구를 보면 입속에 침이 도는 것같이 본능적으로 느끼어지는 감정이었다.


4


새댁이 온 뒤에 다른 사람들은 자유로 안 출입을 금하였으나 벙어리는 마치 개가 맘대로 안에 출입할 수 있는 것같이 아무 의심 없이 출입할 수가 있었다.

하루는 어린 주인이 먹지 않던 술이 잔뜩 취하여 무지한 놈에게 맞아서 길에 자빠진 것을 업어다가 안으로 들여다 누인 일이 있었다. 그때에 아무도 안에 있지 않고 다만 새색시 혼자 방에서 바느질을 하고 있다가 이 꼴을 보고 벙어리의 충성된 마음이 고마워서, 그 후에

with him. He'd been badly beaten by some brute. Samnyong carried his young master home on his back. When he brought him inside, he found his mistress sewing alone in her room. She felt grateful to the mute. A little while later she presented him with a silken pouch to store his flint as a token of her gratitude.

When the young master noticed the pouch one night, he dragged his wife from her bed and threw her out into the inner yard, her hair completely disheveled. Then he beat her black and blue.

On seeing this, the mute became inflamed with indignation. He rushed in like a wild boar, pulled the young master away, and flung his mistress over his shoulder. Then he ran, like a deer, to his aging master, and lay her down before him. The mute explained his case with repeated hand signs and other gestures.

The next morning, the young master struck the mute hard in the face with an ash-tree whip. One side of his face bled, his eye and cheek swelling up as large as a fist.

"Damn mute, how dare you touch my wife!" cursed the young master, as he whipped the mute. Then he grabbed the mute's pouch, tore it off, and threw

쓰던 비단 헝겊 조각으로 부시쌈지[10] 하나를 하여 준
일이 있었다.

이것이 새서방님의 눈에 띄었다. 그래서 색시는 어떤
날 밤에 자던 몸으로 마당 복판에 머리를 푼 채 내동댕
이가 쳐졌다. 그리고 온몸에 피가 맺히도록 얻어맞았
다.

이것을 본 벙어리는 또다시 의분의 마음이 뻗쳐 올라
왔다. 그래서 미친 사자와 같이 뛰어들어가 새서방님을
밀어 던지고 새색시를 둘러메었다. 그러고는 나는 수리
와 같이 바깥사랑 주인 영감 있는 곳으로 뛰어가 그 앞
에 내려놓고 손짓과 몸짓을 열 번 스무 번 거푸하며 하
소연하였다.

그 이튿날 아침에 그는 주인 새서방님에게 물푸레로
얼굴을 몹시 얻어맞아서 한쪽 뺨이 눈을 얼러서 피가
나고 주먹같이 부었다. 그 때릴 적에 새서방의 입에서
나오는 말은,

"이 흉측한 벙어리 같으니, 내 여편네를 건드려!"
하고 부시쌈지를 뺏어서 갈가리 찢어 뒷간에 던졌다.

"그리고 이놈아! 인제는 주인도 몰라보고 막 친다! 이
런 것은 죽여야 해!"

away its pieces into the privy hole.

"Bastard! Now he even hits his own master. That bastard deserves to die!" He lashed the whip at the nape of the mute's neck, causing him to fall to the ground.

The mute joined his hands, pleading for forgiveness. Instead of apologizing with words, he made one deep bow after another, his nose almost touching the ground. But in his heart a desire for justice was beginning to stir. In his pain, he suppressed a seething anger.

From then on, the mute was forbidden to enter the inner quarters. The prohibition aroused his curiosity, which imperceptibly transformed more and more into a longing to see his mistress. The longer he went without seeing her, the stronger the flame in his heart burned. He ached with sorrow. Yet the desire to see her, even just once, also awakened a new sensibility in his soul. This nameless sensation, despite all his grief, brought him such joy that it made him feel alive; he would have gladly exchanged his life for this sensation. At times, he wanted to break through the wall of the house with his head, just to see his mistress. But he kept such impulses in check.

하고 채찍으로 그의 뒷덜미를 갈겨서 그 자리에 쓰러지게 하였다.

벙어리는 다만 두 손으로 빌 뿐이었다. 말도 못 하고 고개를 몇백 번 코가 땅에 닿도록 그저 용서해 달라고 빌기만 하였다. 그러나 그의 가슴에는 비로소 숨겨 있던 정의감(正義感)이 머리를 들기 시작하였다. 그는 그 아픈 것을 참아가면서도 그는 북받치는 분노(심술)를 억지하였다.[11]

그때부터 벙어리는 안에 들어가지를 못하였다. 이 들어가지 못하는 것이 더욱 벙어리로 하여금 궁금증이 나게 하였다. 그 궁금증이라는 것이 묘하게 빛이 변하여 주인아씨를 뵙고 싶은 감정으로 변하였다. 뵈옵지 못하므로 가슴이 타올랐다. 몹시 애상(哀傷)의 정서가 그의 가슴을 저리게 하였다. 한 번이라도 아씨를 뵈올 수가 있으면 하는 마음이 나더니 그의 마음의 엿은 녹기를 시작하였다. 센티멘털한 가운데에서 느끼는 그 무슨 정서는 그에게 생명 같은 희열을 주었다. 그것과 자기의 목숨이라도 바꿀 수 있을 것 같았다. 어떤 때는 그대로 대강이로 담을 뚫고 들어가고 싶도록 주인아씨를 뵈옵고 싶은 것을 꾹 참을 때도 있었다.

Since this awakening, he ceased to eat well. Nor could he concentrate on his work. During breaks he dreamed of entering the inner quarters.

The old master now took better care of him, giving him more food, and tried to make his life a little more comfortable. But the mute was not content. At night, sleepless, he would wander around the walls of the house.

5

One day, after the young master came home drunk again, the house was thrown into a commotion. A servant girl ran for medicine. The mute seized her on her way back in the hope of finding out what was going on inside.

The girl touched the back of her head with a closed fist, gently let her hand slide down her face, and then held out an index finger. According to the conventions worked out between the servants and the mute, a thumb meant the old master, an index finger the young master, a fist on the back of the head the wife, and rubbing the face—caressing.

Then the servant girl stuck out her tongue, rolled back her eyes, spread her arms wide, and fell

그 후부터는 밥을 잘 먹을 수가 없었다. 일도 손에 잡히지 않았다. 틈만 있으면 안으로만 들어가고 싶었다.

주인이 전보다 많이 밥과 음식을 주고 더 편하게 하여주었으나 그것이 싫었다. 그는 밤에 잠을 자지 않고 집 가장자리로 돌아다녔다.

5

하루는 주인 새서방님이 술이 취하여 들어오더니 집 안이 수선수선하여지며 계집 하인이 약을 사러 갔다 들어오는 것을 보고 그 계집 하인을 붙잡았다. 그리고 무엇이냐고 물었다.

계집 하인은 한 주먹을 뒤통수에 대고 얼굴을 젊다고 하는 뜻으로 쓰다듬으며 둘째 손가락을 내밀었다. 그것은 그 집 주인은 엄지손가락이요, 둘째 손가락은 새서방님이라는 뜻이요, 주먹을 뒤통수에 대는 것은 여편네라는 뜻이요, 얼굴을 문지르는 것은 이쁘다는 뜻으로 벙어리에게 쓰는 암호다.

그런 뒤에 다시 혀를 내밀고 눈을 뒤집어쓰는 형상을 하고 두 팔을 짝 벌리고 뒤로 자빠지는 꼴을 보이니, 그

backward. This gesture meant that a person was dying or seriously ill.

The mute watched the girl wide-eyed, took a few steps closer to her, then stood still, stunned.

His heart beat rapidly. Did this mean that his beloved mistress was dead? He clapped his hands together and let out a deep sigh. Then he went to his room and sat there for hours, motionless, as if deep in thought.

He became restless as the night grew dark. He would alternately stand up and sit down, and at about two o'clock he finally went out, heading toward the back of the house.

Like a thief, he stole up to the wall beneath the back window of his mistress's room. After hesitating a moment, he jumped over the wall. He peered into the room through a gap between its two windows. Then, with a shudder, he stepped back.

In the dark, his hands and feet trembled like the leaves of the persimmon tree close behind him. Suddenly, he rushed into the room, kicking the door open. The next moment, the mistress was struggling in his arms, clutching a long silken towel in one hand and shoving his chest with the other. The mute, wide-eyed, uttered, "Uh-uh-uh," all the

것은 사람이 죽게 되었거나 앓을 적에 하는 말 대신의 손짓이다.

벙어리는 눈을 크게 뜨고 계집 하인에게로 한 발자국 가까이 들어서며 놀라는 듯이 멀거니 한참이나 있었다.

그의 가슴은 무섭게 격동하였다. 자기의 그리운 주인 아씨가 죽었다는 말이나 아닌가, 그는 두 주먹을 마주 치며 한숨을 쉬었다.

그러고는 자기 방에 들어가 무엇을 생각하는 것처럼 두어 시간이나 두 눈만 껌벅껌벅하고 앉았었다.

그는 밤이 깊어갈수록 궁금증 나는 사람처럼 일어섰다 앉았다 하더니 두 시나 되어 바깥으로 나가서 뒤로 돌아갔다.

그는 도적놈처럼 조심스럽게 바로 건넌방 뒤 미닫이 앞 담에 서서 주저주저하더니 담을 넘었다.

가까이 창 앞에 가 서서 문틈으로 안을 살피다가 그는 진저리를 치며 물러섰다.

어두운 방에 그의 손과 발이 마치 그 뒤에 서 있는 감나무 잎같이 떨리더니 그대로 문을 박차고 뛰어 들어갔을 때, 그의 팔에는 주인아씨가 한 손에 기다란 면주[12] 수건을 들고서 한 팔로 벙어리의 가슴을 밀치며 버팅기

while trying to pull the towel away.

By now, the house was in an uproar.

"The family's done for!"

"Of all men, why the mute!"

"Things like that, they're hard to fathom."

Such whispers could be heard from one corner of the house to the other.

6

The next morning, the mute lay groaning in the yard, his prostrate body aching all over, blood dripping from his mouth. The young master, interrogating him, stood with an iron-chained club in his hand.

"Bastard!"

The young master pointed at his wife's room, making all kinds of obscene gestures. But the mute only waved his hands. Before long, the club was covered with pieces of flesh. And blood flowed.

The mute, his throat burning, was unable to utter a sound and just shook his head. He fell and vomited blood but continued to bow his head, scraping his forehead against the ground. The soil was soaked with his blood. The young master tied a

었다. 벙어리는 다만 눈이 뚱그레서 '에헤' 소리만 지르고 그 수건을 뺏으려 애쓸 뿐이다.

집안이 야단났다.

"집안이 망했군."

"어디 사내가 없어서 벙어리를!"

"어떻든 알 수 없는 일이야!"

하는 소리가 이 구석 저 구석에서 수군댄다.


6


그 이튿날 아침에 벙어리는 온몸이 짓이긴 것이 되어 마당에 거꾸러져 입에서 피를 토하며 신음하고 있다. 그 곁에서는 새서방이 쇠좆몽둥이를 들고서 문초를 한다.

"이놈!"

하고 음란한 흉내는 모조리 하여가며 건넌방을 가리킨다. 그러나 벙어리는 손을 내저을 뿐이다. 또 몽둥이에는 살점이 묻어 나왔다. 그리고 피가 흘렀다.

벙어리는 타들어가는 목으로 소리도 못 하며 고개만 내젓는다. 그는 피를 토하고 고꾸라지며 이마를 땅에

piece of lead to the end of a whip, swung it at the mute's chest, and pulled it back with all his might. The mute fell in silence.

The young master was still not content. He ran for a sickle, the blade of which the mute himself had recently sharpened. He raised the sickle high. When the blade was about to strike, the mute grabbed the handle with one hand. others rushed from inside the house to stop the young master. The mute wrenched the sickle from his young master's hand and threw it away.

The old master took to his bed, mourning the fall of his house. He kept the door of his room closed and pretended not to see or hear anything. The family debated whether or not to cast the mistress out. That evening the mute was dragged out again. The young master gave him his clothes and shoes.

"Go!" he barked. "You're not welcome in my house any more." He glared at the mute and pointed into the distance with his finger.

The mute was incredulous. There was nowhere else for him to go. No place to live. He had always believed that he would live and die in this house. He clasped his young master's legs and begged. Using gestures and facial expressions, he articulat-

비비며 고개를 내흔든다. 땅에는 피가 스며든다. 새서방은 채찍 끝에 납 뭉치를 달아서 가슴을 훔쳐 갈겼다가 힘껏 잡아 뽑았다. 벙어리는 그대로 고꾸라지며 말이 없었다.

새서방은 그래도 시원치 못하였다. 그는 어제 벙어리가 새로 갈아논 낫을 들고 달려왔다. 그는 그 시퍼렇게 드는 날을 번쩍 들었다. 그래서 벙어리를 찌르려 할 제 벙어리는 한 팔로 그것을 받았고, 집안사람들은 달려들었다. 벙어리는 낫을 뿌리쳐 뺏어서 저리로 던지고 그대로 까무러쳤다.

주인은 집안이 망하였다고 사랑에 누워서 모든 일을 들은 체 만 체 문을 닫고 나오지를 아니하며, 집안에서는 색시를 쫓는다고 야단이다.

그날 저녁때 벙어리는 다시 끌려 나왔다. 그때에는 주인 새서방이 그의 입던 옷과 신짝을 주며 눈을 부릅뜨고 손을 멀리 가리키며,

"가! 인제는 우리 집에 있지 못한다!"

하였다. 이 소리를 듣는 벙어리는 기가 막혔다. 그에게는 이 집 외에 다른 집이 없다. 이 집 외에는 살 곳이 없었다. 자기는 언제든지 이 집에서 살고 이 집에서 죽을

ed a sincere and voiceless plea. But the young master kicked him aside and gave an order.

"Throw the bastard out."

The mute was hauled out like a dead dog and thrown headfirst into a ditch. After struggling a while to get back onto his feet, he returned to the house, only to find that the gate had already been bolted shut. He pounded on the gate. In his heart, he was calling out to his old master, but his voice remained silent. The gate, which he used to open and close each day, now banished him. It would not open for him no matter how much he pleaded. All that he had managed and cared for was now turning against him. The reward for years of faithful service from his childhood till now, during which he had exerted all his body and soul, was eviction.

In the end, he concluded that everyone he had trusted and relied on was his enemy. He had better get rid of them all, including himself.

7

In the night air, the only sounds that could be heard were the crows of a rooster and the dog's barking. A flame suddenly flared up around Sir Oh's

줄밖에 몰랐다. 그는 새서방님의 다리를 껴안고 애걸하였다. 말도 못 하는 것을 몸짓과 표정으로 간곡한 뜻을 표하였다. 그러나 새서방님은 발길로 지르고 사람을 불렀다.

"이놈을 내쫓아라."

벙어리는 죽은 개 모양으로 끌려 나갔다. 그리고 대강팽이[13]를 개천 구석에 들이박히면서 나가곤드라졌다가 일어서서 다시 들어오려 할 때에는 벌써 문이 닫혀 있었다. 그는 문을 두드렸다. 그의 마음으로는 주인 영감을 찾았으나 부를 수가 없었다.

그가 날마다 열고 날마다 닫던 문이 자기가 지금은 열려 하나 자기를 내쫓고 열리지를 않는다. 자기가 건사하고 자기가 거두던 모든 것이 오늘에는 자기의 말을 듣지 않는다. 어려서부터 지금까지 모든 정성과 힘과 뜻을 다하여 충성스럽게 일한 값이 오늘에 이것이다.

그는 비로소 믿고 바라던 모든 것이 자기의 원수가 된 것을 알았다. 그는 그 모든 것을 없애 버리고 자기도 또한 없어지는 것이 나은 것을 알았다.

house, once the mute's home. The fire, as if by design, spread along the grass and encircled the walls. Seen from above, the bright flame would have cast an arabesque of the house.

The fire, like a demon's tongue as it savors a morsel of raw flesh, engulfed the entire house in no time. Into this fire a man braved his way. The man was none other than Samnyong, who had been driven from the same house earlier that day. He first went to his old master's room, broke open the door, carried the master out on his back, and laid him on the grass outside. Then he went back again, not heeding the burnt, charring flesh on his face, back, and legs.

The mute rushed into his mistress's room, but she wasn't there. He ran to the inner room, but she wasn't there, either. Instead, he met his young master, who clutched at his arm and begged for his life. But the mute shoved him aside. Parts of the rafter, now in flames, fell upon the mute's head, but he barely noticed. He went to the kitchen; on his way out, a doorpost fell and broke his arm. But he didn't pay attention to that, either. He headed for the storage room. Even there he couldn't find her. He returned to her room. Only then did he see her.

# 7

그날 저녁 밤은 깊었는데 멀리서 닭이 우는 소리와 개 짖는 소리뿐이 들린다.

난데없는 화염이 벙어리 있던 오생원 집을 에워쌌다. 그 불은 미리 놓으려고 준비하여 놓았는지 집 가장자리로 쪽 돌아가며 흩어놓은 풀에 모조리 돌라붙어 공중에서 내려다보면은 집의 윤곽이 선명하게 보일 듯이 불이 타오른다.

불은 마치 피 묻은 살을 맛있게 잘라 먹는 요마(妖魔)의 혓바닥처럼 날름날름 집 한 채를 삽시간에 먹어버리었다.

이와 같은 화염 중으로 뛰어 들어가는 사람이 하나 있으니 그는 다른 사람이 아니라 낮에 이 집을 쫓겨난 삼룡이다.

그는 먼첨 사랑에 가서 문을 깨뜨리고 주인을 업어다가 밭 가운데 놓고 다시 들어가려 할 제 그의 얼굴과 등과 다리가 불에 데어 쭈그러져드는 것을 알지 못하였다.

그는 건넌방으로 뛰어들었다. 그러나 색시는 없었다.

He found her lying under a quilt, wishing for death. He gathered her up in his arms and looked for a way out. But there wasn't any to be found. Left with no other option, he climbed out onto the roof. He realized that he could no longer move his body freely. Yet he also felt a sense of delight in his heart unlike anything he had ever known. As he clutched his mistress to his chest, he felt fully alive for the first time. When he sensed that his end was drawing near, he embraced his mistress tightly and then bore his way out through the fire. He put her down outside, his own life already slipping away. The whole house had burned down, and the mute lay in his mistress's lap.

Had his indignation died out with the fire? A happy, peaceful smile formed faintly on his lips.

* *On the Eve of the Uprising and Other Stories from Colonial Korea* (2010), translated by Sunyoung Park in collaboration with Jefferson J.A. Gatrall. Ithaca, NY: Cornell East Asia Series Volume 149. Reprinted with permission from the publisher.

Translated by Sunyoung Park in collaboration with
Jefferson J.A. Gatrall

다시 안방으로 뛰어들었다. 그러나 또 없고 새서방이
그의 팔에 매달리며 구원하기를 애걸하였다. 그러나 그
는 그것을 뿌리쳤다. 다시 서까래가 불이 시뻘겋게 타
면서 그의 머리에 떨어졌다. 그의 머리는 홀랑 벗어졌
다. 그러나 그는 그것을 몰랐다. 그는 부엌으로 가보았
다. 거기서 나오다가 문설주가 떨어지며 왼팔이 부러졌
다. 그러나 그것도 몰랐다. 그는 다시 광으로 가보았다.
거기도 없었다. 그는 다시 건넌방으로 들어갔다. 그때
야 그는 새아씨가 타 죽으려고 이불을 쓰고 누워 있는
것을 보았다. 그는 새아씨를 안았다. 그러고는 불길을
찾았다. 그러나 나갈 곳이 없었다. 그는 하는 수 없이 지
붕으로 올라갔다. 그는 비로소 자기의 몸이 자유롭지
못한 것을 알았다. 그러나 그는 자기가 여태까지 맛보
지 못한 즐거운 쾌감을 자기의 가슴에 느끼는 것을 알
았다. 새아씨를 자기 가슴에 안았을 때 그는 이제 처음
으로 살아난 듯하였다. 그는 자기의 목숨이 다한 줄 알
았을 때, 그 새아씨를 자기 가슴에 힘껏 껴안았다가 다
시 그를 데리고 불 가운데를 헤치고 바깥으로 나온 뒤
에 새아씨를 내려놓을 때에 그는 벌써 목숨이 끊어진 뒤
였다. 집은 모조리 타고 벙어리는 새아씨 무릎에 누워

있었다. 그의 울분은 그 불과 함께 사라졌을는지! 평화

롭고 행복스러운 웃음이 그의 입 가장자리에 엷게 나타

났을 뿐이다.


1) 오정포(午正砲). 낮 열두 시를 알리는 대포.
2) 동탕하다. 얼굴이 두툼하고 잘생기다.
3) 대강이. '머리'를 속되게 이르는 말.
4) 얽다. 얼굴에 우묵우묵한 마맛자국이 생기다.
5) 앵모. 벙어리의 말투나 행동을 흉내 내 놀리는 말.
6) 호래자식. 배운 데 없이 막되게 자라 교양이나 버릇이 없는 사
   람을 낮잡아 이르는 말.
7) 허구리. 허리 좌우의 갈비뼈 아래 잘쏙한 부분.
8) 화승. 불을 붙게 하는 데 쓰는 노끈.
9) 빙충맞다. 똑똑하지 못하고 어리석으며 수줍음을 타는 데가
   있다.
10) 부시쌈지. 부시, 부싯깃, 부싯돌 따위를 넣어서 주머니 속에
    넣어 가지고 다니는 작은 쌈지.
11) 억지하다. 억눌러 못 하게 하다.
12) 면주. 명주.
13) 대강팽이. '머리'의 비속어.


* 작가 고유의 문체나 당시 쓰이던 용어를 그대로 살려 원문에
  최대한 가깝게 표기하고자 하였다. 단, 현재 쓰이지 않는 말이
  나 띄어쓰기는 현행 맞춤법에 맞게 표기하였다.


《여명(黎明)》, 1925

# 해설

## Afterword

# 서발턴의 욕망

손유경 (문학평론가)

「벙어리 삼룡이」(《여명》, 1925.7)는 나도향(1902~1926) 작품 세계의 특징과 경향을 가장 잘 보여주는 대표작으로 널리 알려져 있다. 그의 소설에는 애정과 빈궁, 죽음의 문제가 주로 등장하는데, 이런 문제들이 결국 개인의 성적 욕망과 사회적 관습 간의 갈등이나 신분 및 계급 간 갈등의 형상화로 이어진다는 점이 중요하다.

나도향이 세상을 뜨기 불과 1년 전에 발표된 단편소설 「벙어리 삼룡이」에는 '삼룡'이라는 벙어리 하인이 주인공으로 등장한다. 그는 남대문 밖 연화봉에서 가장 여유 있고 인심 후하며 세력 있는 오생원 집 하인이다. "키가 몹시 크지 못하여 땅딸보"에 "얼굴이 몹시 얽고 입

# The Desire of a Subaltern

Son You-kyung (literary critic)

"Samnyong the Mute," published in *The Dawn* in July 1925, is a representative work of Na Tohyang (1902-26), touching on the themes and realities that often appear in his work: love, poverty, and death, clashing with sexual desire, social mores, and social class.

This story, published only a year before the author's death, revolves around Samnyong, a mute servant of Sir Oh, "the most generous and the most influential" resident of Lotus Flower Peak outside the South Gate. The servant is "short and stocky" with a "pockmarked face and huge mouth." Although he is deaf and mute, he is "honest, loyal,

이 큰" 데다가 "눈치로만 지내 가는 벙어리"인 그는 "진실하고 충성스러우며 부지런하고 세차다." 마당 쓸기, 소·돼지 여물 주기, 풀 뽑기, 나무 심기, 장작 패기, 눈 쓸기, 잔심부름하기 등 삼룡이가 못 하는 일은 아무것도 없다. 그럴수록 주인 영감인 오생원도 그를 몹시 위해 주고 사랑한다.

　문제는 이 집안의 삼대독자로 내려오는 아들이다. 그는 열일곱 살 되도록 철이 들지 못해 누구에게나 어리광을 부리고 사람이나 짐승에게 포악한 짓을 많이 하지만 오생원은 자기 아들을 귀엽게만 여기며 아무리 잘못을 해도 일절 혼을 내지 않는다. 그는 삼룡이를 아예 사람으로 알지도 않는다. 낮잠 자는 삼룡이의 입에 똥을 먹인 일까지 있다. 삼룡이는 이 집 아들이 가하는 육체적·정신적 폭력에 크나큰 고통과 울분을 느끼지만 주인 아들을 원망하기보다는 자신이 병신인 것을 원망할 따름이었다. 그는 "얻어맞으면서도 기어드는 충견(忠犬)"과 같이 자기가 있어야 할 곳은 여기밖에 없고 여기서 살다가 여기서 죽는 것이 자신의 운명인 줄로만 믿었다. 삼룡이는 이처럼 노예의식에 깊이 물들어 있었다.

hard-working, and strong." He gets by "through reading people's faces." There is nothing he is incapable of doing. He sweeps the yard, feeds the cows and pigs, weeds the fields, brings in firewood to be chopped, shovels snow, and runs all sorts of errands. The master looks after him, appreciating his diligence.

The problem is with the master's son, "the sole heir for three generations." Spoiled by his upbringing, the 17-year-old is cruel to people and animals. Still, Sir Oh remains lenient and dotes on him. The boy does not even consider the mute as a human being, once putting dung in his mouth while he is taking a nap. These spiritual and physical tortures fill the mute's heart with anger, but he resents his own deformity instead of the young master. "Like a dog that remains faithful to its master," he believes he has nowhere else to go and is fated to live out his days in his master's house. This shows how much he had been taught to think like a slave.

A huge change comes over Samnyong after the young master marries though. The son's 19-year-old bride has a nature and manners that show no hint of a dark shadow, and people begin to find fault with the bridegroom as soon as she moves in.

이렇던 삼룡이에게 주인 아들의 결혼과 함께 크나큰 변화가 찾아온다. 주인 아들이 장가를 들어 얻은 열아홉 살 색시는 인물이나 행동거지에 조금도 구김이 없다. 그러나 곱고 바른 신부가 들어오자 신랑의 못난 점들이 더 잘 드러나는 바람에 신랑(주인 아들)이 그녀를 학대하기 시작한 것이다. 삼룡이는 "보기에도 황홀하고 건드리기도 황송할 만큼 숭고한 여자"를 때리는 주인 아들이 천벌을 받지 않을까 두려움을 느낀다. "선녀와 짐승의 차가 있는 색시와 자기가 똑같이 얻어맞는"다는 것은 있을 수 없는 일로 여겨졌기 때문이다. 주인아씨를 향한 삼룡이의 동정심과 연정은 날로 깊어진다. 그녀를 위해 자기 목숨이라도 아끼지 않겠다는 의분에 넘치는 것은 "살구를 보면 입 속에 침이 도는 것 같이 본능적으로 느껴지는 감정"이었던 것이다.

노예의식에 젖어 있던 삼룡이의 가슴에 "숨겨 있던 정의감이 머리를 들기 시작"한 것은 주인아씨를 향한 그의 사랑 때문이었다. 그러나 주인아씨를 걱정하고 연모하는 삼룡이의 언행은 주인 아들의 의심과 분노를 자아내고 그는 주인 아들로부터 고문에 가까운 혹독한 문초를 받은 후 쫓겨나게 된다. 결국 삼룡이는 주인집에

"Instead of being shamed by such reproaches," the groom resorts to abusing his bride. The mute worries that "his young master would incur the wrath of heaven" for "it made no sense to abuse a lady so pleasing to the eye and too precious to be touched." He could not countenance seeing his mistress—who seems so far above him, like an angel to a beast—receive the same blows, and his sympathy and affection for her deepen with each passing day. His heart is filled "with the resolve that he would gladly give his life for her," the feelings "welling up within him as instinctively as saliva fills the mouth of a hungry man at the scent of food."

The slavish mute's love for the lady stirs his desire for justice. But his affection and actions for her sake arouse the young master's suspicion and anger, and Samnyong is kicked out of the house after a severe beating. Ultimately, he burns down the house and dies after saving the old master and the young lady.

The final scene of the story can be read as his pent-up love and anger finally igniting. In spite of all the humiliation and maltreatment, Samnyong had grown accustomed to a slave-like existence. But his feelings for the young mistress kindle his sense

불을 지르고 화염 속에서 주인 영감과 아씨를 구해낸 후 자신은 죽고 만다.

「벙어리 삼룡이」의 결말은 삼룡이의 억눌렸던 사랑과 분노가 불꽃처럼 활활 타오르는 장면으로 읽을 수 있다. 본래 삼룡이는 주인의 온갖 멸시와 학대에도 불구하고 노예처럼 사는 데 오히려 길들어져 있던 인물이다. 그러나 그가 주인아씨를 향한 타는 듯한 연모의 정을 품자 억눌렸던 정의감과 의분이 솟아나게 된다. 자신의 목소리를 내지 못하는 '벙어리'로 형상화되었다는 점에서 삼룡이는 식민지 시기 조선의 전형적인 서발턴(subaltern), 즉 하위주체라고 할 수 있다. 줄곧 억압되어 왔던 서발턴의 성적 욕망이 개화(開花)하는 과정이, 지금껏 한 번도 표출되지 못했던 그의 계급적 분노가 폭발하는 과정과 나란히 그려졌다는 점이야말로 「벙어리 삼룡이」 고유의 문학적 성취에 해당된다고 할 수 있다. 비록 죽음이라는 혹독한 대가를 치르기는 했지만 삼룡이는 자신의 욕망에 눈뜸으로써 비로소 노예('개')에서 인간으로 거듭날 수 있었던 것이다.

of justice and indignation. Samnyong is a typical subaltern in Chosŏn during Japan's colonial period —a character robbed of his voice. The story's literary achievement lies in the process in which the subaltern's repressed sexual desire blooms, while his rage at the class system explodes. Even though he pays with his life, he reclaims his humanity instead of remaining an enslaved beast, by confronting his own desire.

# 비평의 목소리

Critical Acclaim

젊어서 죽은 도향은 가장 촉망할 소설가였다. 그는 사상도 미성품이었다. 필치도 미성품이었다. 그러면서도 그에게는 열이 있었다. 예각적으로 파악된 '인생'이 지면 위에 약동하였다. 미숙한 기교 아래는 그래도 인생의 일면을 붙드는 긍지가 있었다. 아직 소년의 영역을 벗어나지 못한 도향이었으매 그의 작품에서 다분의 센티멘탈리즘을 발견하는 것은 아까운 가운데도 당연한 일이지만, 그러나 그 센티멘탈리즘에 지배받지 않을 만한 침착도 그에게 있었다. 소년 도향의 작품에 다른 작품의 영향이 많이 섞인 것도 당연한 일이지만, 그래도 그 아래는 자기 개인의 색채를 내어비칠 만한 준비도

He was the most promising writer I have ever known who died at a young age. He may have been an "unfinished product" in terms of ideology or writing style, but he made up for it with his energy and enthusiasm. His zest for life came through in his writing, and he vividly captured aspects of life in spite of his still-forming style. Since he was not yet completely out of boyhood, it is only natural, if saddening, to find a degree of sentimentalism in his work, but he was disciplined enough not to let it control his work. Tohyang's works were naturally influenced by other writers, but they retained his distinct style. Since he died before his prime, it is

있었다. 아직 미성품대로 죽어버린 도향인지라, 그의 사상이며 작품에 대한 비판을 가할 수가 없으되 다음의 일문(一文)은 그의 긍지를 넉넉히 말한다. "(……) 몇 사람 안 되는 글 쓰는 가운데서 나 한 사람의 창작이면 창작, 감상문이면 감상문을 바라고 믿는 잡지 경영자들의 생각을 모르면 모르거니와 알고 나서는 그대로 있지 못할 일이다." 그의 죽음은 조선 소설계의 큰 손실의 하나이다.

김동인, 「조선근대소설고 (八)」, 《조선일보》, 1929.8.8

장편 『환희』와 동시대에 《개벽》에 실린 「옛날 꿈은 창백하더이다」라는 단편을 거쳐 《백조》 제3호에 실린 「여이발사」로부터 비로소 그는 문학소년의 애상적인 공상을 버리고 차차 세련되고 정돈된 필치로 도향의 본색을 드러내기 시작하였다. 뜨거운 열이 작품에 있으면서도 작자 스스로가 먼저 그 열에 취하지 아니하였고 세세한 정과 넋이 휘돌아 꿈틀거리면서도 작자는 차게도 테 밖에 응시(凝視)하기 시작하였나니 이것이 그가 작가로의 본격적 원숙의 길을 밟기 시작한 것이었다. 이리하여 「17원 50전」 「은화 백동화」 「춘성」 「당착」을 지나 방인근

impossible to make a proper critique of his works and philosophy, but this sentence sums up his pride in his writing: "[...] As there are few writers around, I cannot but write because I know what magazine editors are looking for in a creative work and a review, and I know that they trust me." His death was a huge blow to the literary community of Chosŏn.

Kim Tong-in, "On Modern Joseon Literature"

in The *Chosun Ilbo*, August 8, 1929

Following his novel *Ecstasy* and "The Old Dream Fades Away," which appeared in *The Dawn*, this short story, carried in the third volume of *The Paekjo* (White Tides), shows that he had finally shed his tendency toward sentimental fantasy, begun as a literary student, and began to demonstrate his own quiet and careful style of writing. His work is infused with enthusiasm, but he was not drunk with it. The author knows how to view things in a cool way, but also with attention and affection. This attitude shows how he was on the verge of maturing as a writer. After he published "17 *Wŏn* and 50 *Chŏn*," "The Silver Nickel Coin," "Chungsong," and "Dangchak," his skills had so greatly improved and

군이 주간하던 《조선문단》에 발표한 작품에 이르러 기교는 늘 대로 늘고 작가로의 주관은 설 대로 서서 거의 입신(入神)의 길을 밟을 듯 독자로 하여금 등골에 찬땀을 흘려 소름이 쫙 끼치게 하였나니 「전차 차장의 일기 몇 절」「물레방아」「뽕」「벙어리 삼룡이」「지형근」 등은 실로 한 점의 하자(瑕疵)가 없는 주옥이 대그락대그락 옥반(玉盤)에 구르는 듯한 명편(名篇)이었다. 지금에 있어 당시에 도향과 어깨를 겨누던 작가로, 통속소설이 아니면 생활난으로 남작(濫作)에 급급한 모든 이들에 견주어 얼마나 그의 소설이 고격(高格)인 것을 누구나 부정치 못할 것이다.

박종화, 「가버린 작가를 추억하야: 나도향 십년기추억편편

(十年忌追憶片片)」, 《신동아》 5권 9호, 1935.9, 182쪽

露雀[노작 홍사용—인용자 주]의 말에 의하면 도향은 "회향병(懷鄉病)적 연정아(軟情兒)이면서 유사(幽査)한 염세시인(厭世詩人)"이며 "서정적 향내 나는 감상의 시인"인 동시에 한편 "깔끔거리는 조소(嘲笑)"와 "고달픈 회의"의 인간이며 "그때에도 지적으로 늙은이"였으며 "냉정하고도 깔끔거리고 이지적이요 또 내성적"인 인물이

he had developed such judgment as a writer that he would send chills down readers' spines with works appearing in *The Chosŏn Literary* (edited by Bang In-geun). "The Diary of a Streetcar Conductor," "The Watermill," "Mulberry," "Samnyong the Mute," and "Chi Hyeong-geun" were masterpieces, like gems displayed on a jade platter. It is impossible to deny that his works were high literature, in comparison to popular literature of his times as well as lower-quality high literature by literary writers who overproduced works while trying to cope with their poverty.

Park Chong-hwa "Remembering the Writer: The 10th Anniversary of Na Tohyang," *Sindonga*, 5.9, September 1935. 182

According to Hong Sa-yong, Tohyang was many things: "homesick, an admirer of women, a pessimistic poet, and a sentimental poet full of emotion." At the same time, he was also a "cynic" and "skeptic," an intellectually "old man," and "a cold, clean-cut, and intellectual and introvert." The two sides of his personality shone through and further deepened with his literary work. He might have shifted to natural realism, after denouncing romanticism as unfit for literature, even though he wrote fiction

었다 한다. 결국 그 대립되는 두 개 성격이 전후해서 그
의 문학 위에 반영되어 발전된 것인지 모른다. 또는 낭
만파 중에서 처음부터 소설을 써온 이 작가는 산문문학
에는 낭만주의가 부적당하다는 점을 자기비판한 데서
수법을 자연주의적인 사실(寫實) 방법으로 바꾸게 된
것인지도 모른다. 또 하나는 1923,4년경 신경향파가 일
어난 시기를 전후로 일반 작가들이 지금까지의 소시민
적인 유한(遊閑)한 제재에서 한층 현실적인 것으로 바
꾸던 빈곤과 기아와 살인이 유행된 시대에 당면하여 이
작가도 현실적인 제재로 돌아오게 될 때에 현실을 그리
는 데는 거기에 적당한 수법으로 리얼리즘을 선택한 것
인지 모른다.

백철, 『조선신문학사조사』, 백양당, 1949;

『신문학사조사』, 1980, 270쪽

from the beginning as a romantic. Or he could have chosen realism as a tool to portray reality, as he confronted spreading poverty, hunger, and death in 1923–24, when a new literary trend began, like many writers did who chose those kinds of topics instead of mundane ones.

Paek Chol, *The History of the Trend of New Literature in Chosŏn* (originally published by Paekyangdang in 1949), *The History of the Trend of New Literature in Joseon*, 1980, 270

# 나도향

나도향은 1902년 경성에서 출생했다. 그의 조부는 고
대하던 장손이 태어났다 하여 '경사스러운 손자'라는 뜻
으로 '경손(慶孫)'이라는 이름을 그에게 지어주었다. 나
도향의 조부 나병규는 명의로 이름난 한의사였고 부친
나성연은 경성의전을 졸업한 양의사였다. 1914년 배재
학당에 입학한 그는 1918년 배재고보를 졸업한 후 집안
어른들의 뜻에 따라 경성의전에 입학했다. 그러나 조부
의 바람과 다르게 나도향은 의학이 아닌 문학에 뜻을
품고 있었다. 배재고보 시절부터 그는 친구들과 밤을
새워가며 문학에 관해 토론하곤 했는데 이때 박영희,
김기진, 박팔양, 박용철, 최승일 등을 만났다. 의사가 되
기를 원하는 조부의 뜻을 거역하고 본격적인 문학 수업
을 받기 위해 경성의전을 중퇴한 나도향은 1919년 고종
인산일에 조부의 돈을 훔쳐 가족들 모르게 도일(渡日)
한다. 와세다대학 영문과에 들어가는 것이 그의 꿈이었
다. 그러나 엄격한 그의 조부는 나도향에게 거의 돈을
부쳐주지 않았고 학비도 마련하지 못한 채 배고픔에 지

# Na Tohyang

Na Tohyang was born in Gyeongseong (now Seoul) in 1902. Grateful for the arrival of his first grandson by his firstborn son, his grandfather named him Gyeong-son, meaning "auspicious grandson." His grandfather, Na Byong-gyu, was a renowned doctor of oriental medicine, and his father, Na Song-yon, was a doctor of Western medicine, who graduated from the medical school of Gyeongseong University. Na Tohyang entered Baejae School in 1914, and Baejae High School in 1918. After graduating, he enrolled in the medical school of Gyeongseong to fulfill his elders' expectations, although he really wanted to study literature. When he was in Baejae High School, he often discussed literature with his friends well into the night. In those days, he met later literary giants like Park Yong-hui, Kim Ki-jin, Park Pal-yang, and Choe Sung-il. To study literature he dropped out of medical school, against his grandfather's wishes, stole some of his money on the day of King Kojong's state funeral in 1919, and escaped to Japan. He

쳤던 그는 도로 귀국을 하고 만다.

이후에도 나도향은 한 집안의 장손으로 조부의 뜻에 따르기보다는 문학을 향한 자신의 꿈을 섣불리 포기하지 않았다. 박영희·최승일 등과 함께 잡지 《신청년》에서 활동을 하면서 글 몇 편을 실었고, 1922년 1월에는 박종화, 홍사용, 박영희, 현진건, 이상화, 노자영, 안석주 등과 함께 《백조》의 창간 동인으로 참여했다. 《백조》 창간호에 「젊은이의 시절」을 발표했다. 그 무렵 경북 안동으로 가서 일 년 정도 보통학교 교사 노릇을 하였는데 이때 쓴 장편소설 『청춘』을 1926년에 단행본으로 출간했다. 또한 1922년 11월 21일부터 1923년 3월 21일까지는 《동아일보》에 〈환희〉를 연재한다.

《개벽》에 「춘성」(1923)과 「행랑자식」(1923), 「자기를 찾기 전」(1924), 그리고 「전차 차장의 일기 몇 절」(1924) 등을 발표하면서 작가로서 왕성한 활동을 보일 즈음 나도향의 조부가 독립운동에 연루되어 수감되었다 사망하자 가세가 기울기 시작했다. 나도향은 밥벌이를 위해 1923년 '조선도서'에 입사했고 1924년에는 《시대일보》 기자로 활동하면서 〈어머니〉를 연재하기도 했지만 생활 형편이 좀처럼 나아지지는 못했다. 1925년경부터는

hoped to study English literature at Waseda University, but was forced to return home in dire financial straits after his grandfather's refusal to send money. Still, he did not relinquish his literary ambition. He worked together with Park Yong-hui and Choe Sung-il on the literary magazine *New Youth* and published several short stories in the magazine. In January 1922, he joined the literary group that published *The Paekjo* (White Tides), together with Park Chong-hwa, Hong Sa-yong, Park Yong-hui, Hyŏn Chin'gŏn, Lee Sang-hwa, Roh Ja-young, and Ahn Sok-ju. He published "A Young Man's Life" in the magazine's inaugural issue. Around this time, he went to Andong in Gyeongsangbuk-do and served as an elementary school teacher for about a year. During this period, he wrote his novel *Youth*, which was published in 1926. His novel *Ecstasy* was serialized in the *Dong-A Ilbo* in 1922-23. He wrote prolifically, publishing in *The Kaebyok*: "Chungsong" (1923), "Servants' Children" (1923), "Before Self-Discovery" (1924), and "The Diary of a Streetcar Conductor" (1924). However, his family's fortune declined with his grandfather's demise after the elder doctor was imprisoned for involvement in the independence movement. To make a living, Tohyang

《조선문단》에 「J 의사의 고백」(1925)과 「계집하인」(1925), 그리고 「지형근」(1926) 등의 작품을 발표했다. 생계가 어려워지자 나도향은 여관이나 친구 하숙방을 전전하며 방황하다가 1925년 9월을 전후한 시기 《시대일보》 기자를 그만두고 문학 공부를 위해 일본으로 건너갔으나 뜻을 이루지 못한 채 1926년에 귀국했다.

나도향이 정확히 언제 폐결핵에 걸렸는지는 알려져 있지 않지만 아마도 그가 다시 일본으로 향했을 무렵이던 1925년 9월을 전후한 시기였을 것으로 추측된다. 1925년 겨울부터 1926년 봄에 이르기까지 그의 병세는 급격히 악화되었다. 그러나 그는 원고료를 벌기 위해 계속 원고를 쓸 수밖에 없었다. 당초 〈어머니〉를 단행본으로 출간하려던 계획이나 자신의 창작집을 현대문예총서로 간행하려던 계획들도 모두 제대로 추진되지 못했다. 《신민》에 〈화염에 싸인 원한〉을 연재 중이던 나도향은 1926년 8월 26일 24세의 나이로 요절하고 만다. 불과 5년여의 기간밖에는 창작 활동을 벌이지 못했지만 나도향은 한국 근대문학사상 가장 뛰어난 단편소설로 꼽히는 「벙어리 삼룡이」 「물레방아」 「뽕」 등을 남긴 천재적 작가로 남아 있다.

joined 'Chosŏn Books' in 1923 and worked as a reporter for the *Sidae Ilbo* in 1924, having *Mother* serialized in the paper. But his financial problems did not go away. In the *Chosŏn Literary*, he published "Doctor J's Confession" (1925), "A Female Servant" (1925), and "Chi Hyeong-geun" (1926). His financial troubles forced him from inn to inn, and from one friend's boarding room to another's. In September 1925, he quit his job at the *Sidae Ilbo* and went to Japan to study literature, only to return home in 1926. It is not clear when he contracted tuberculosis, but it is presumed that it happened around September 1925 before he left for Japan. His condition deteriorated rapidly, but he had to keep writing to make money. His plans to publish *Mother* in book form and a collection of his works as part of a series of modern literature failed to materialize. While his *Anger in Flame* was serialized in *the Subject* he died of tuberculosis at the age of 24 on August 26, 1926. Although he wrote for only five years, he is considered a master of the short story, with some of the best stories in modern Korean literature, including "Samnyong the Mute," "The Watermill," and "Mulberry."

번역 **박선영**, 보조 번역 제퍼슨 **J. A. 갸트렐**

Translated by Sunyoung Park in collaboration with Jefferson J.A. Gatrall

미국 로스앤젤레스 남가주대 동아시아학 및 젠더학 부교수. 뉴욕 컬럼비아대학교에서 근대 한국 사실주의 문학 연구 논문으로 비교문학 박사 학위를 수여했으며, 저서로는 『근대 사회주의 문학사』(하버드대학교 아시아센터, 2014, *The Proletarian Wave: Literature and Leftist Culture in Colonial Korea 1910-1945*)와 번역집 『만세전 외 근대 중단편 소설 선집(코넬 동아시아 시리즈, 2010, *On the Eve of the Uprising and Other Stories from Colonial Korea*)를 출간한 바 있다. 현재는 한국 근현대 문학과 시각 문화에 나타나는 판타지 문화적 상상력과 대항문화의 역사적 관계를 살펴보는 연구서를 집필 중이다.

Sunyoung Park is associate professor of East Asian languages and cultures and gender studies at the University of Southern California. Her research focuses on the literary and cultural history of modern Korea, which she approaches from the varying perspectives of world literature, postcolonial theory, and transnational feminism and Marxism. Her first scholarly monograph, *The Proletarian Wave: Leftist Literature in Colonial Korea 1910-1945* (Harvard University Asia Center, December 2014), examines the origins, development, and influence of socialist literature in Korea during the colonial period. She is also the editor and translator of *On the Eve of the Uprising and Other Stories from Colonial Korea* (Cornell East Asian Series, 2010). Her current research interests center on fantastic imaginations in modern and contemporary Korea with focus on the political relevance of utopian fiction, sci-fi and cyber-fiction.

미국 뉴저지 몽클레어 주립대학교 러시아학과 부교수. 컬럼비아대학교에서 러시아 문학 및 비교문학 박사 학위를 수여했으며, 저서로 『The Real and the Sacred: Picturing Jesus in Nineteenth-Century Fiction』(현실과 신성: 19세기 러시아 소설에 나타난 예수상, 미시간대출판사, 2014)와 더글라스 그린필드와 공동 편집한 『Alter Icons: The Russian Icon and Modernity』(제단의 성상들: 러시아의 성상과 근대성, 펜실베니아 주립대 출판사, 2010)이 있다. 이외에도 도스토옙스키, 체호프, 톨스토이, 레르몬토프, 프루스트, 니콜라이 게, 루 윌리스 등 많은 작가와 화가에 대한 연구 논문을 발표한 바 있다.

Jefferson J. A. Gatrall is Associate Professor of Russian at Montclair State University. He is the author of *The Real and the Sacred: Picturing Jesus in Nineteenth-Century Fiction* (University of Michigan Press,

2014) and has also co-edited with Douglas Greenfield *Alter Icons: The Russian Icon and Modernity* (Penn State University Press, 2010). His other publications include essays on writers and painters such as Dostoevsky, Chekhov, Tolstoy, Lermontov, Proust, Nikolai Ge, and Lew Wallace.

바이링궐 에디션 한국 대표 소설 097
# 벙어리 삼룡이

2015년 1월 9일 초판 1쇄 발행

지은이 나도향 | 옮긴이 박선영 | 펴낸이 김재범
기획위원 정은경, 전성태, 이경재 | 편집 정수인, 이은혜, 김형욱, 윤단비 | 관리 박신영
펴낸곳 (주)아시아 | 출판등록 2006년 1월 27일 제406-2006-000004호
주소 서울특별시 동작구 서달로 161-1(흑석동 100-16)
전화 02.821.5055 | 팩스 02.821.5057 | 홈페이지 www.bookasia.org
ISBN 979-11-5662-067-9 (set) | 979-11-5662-074-7 (04810)
값은 뒤표지에 있습니다.

Bi-lingual Edition Modern Korean Literature 097
## Samnyong the Mute

**Written by** Na Tohyang | **Translated by** Sunyoung Park
**Published by** Asia Publishers | 161-1, Seodal-ro, Dongjak-gu, Seoul, Korea
**Homepage Address** www.bookasia.org | **Tel**. (822).821.5055 | **Fax**. (822).821.5057
First published in Korea by Asia Publishers 2015
ISBN 979-11-5662-067-9 (set) | 979-11-5662-074-7 (04810)